风 吹往 脸上

罗凤鸣 著

黄河出版传媒集团
阳光出版社

图书在版编目（CIP）数据

风吹往脸上 / 罗凤鸣著. -- 银川：阳光出版社，2022.11
ISBN 978-7-5525-6632-1

Ⅰ.①风… Ⅱ.①罗… Ⅲ.①诗集－中国－当代
Ⅳ.①I227

中国版本图书馆CIP数据核字(2022)第234627号

风吹往脸上 罗凤鸣 著

责任编辑　申　佳
封面设计　圣立文化
责任印制　岳建宁

黄河出版传媒集团
阳 光 出 版 社 出版发行

出 版 人　薛文斌
地　　址　宁夏银川市北京东路139号出版大厦（750001）
网　　址　http://www.ygchbs.com
网上书店　http://shop129132959.taobao.com
电子信箱　yangguangchubanshe@163.com
邮购电话　0951-5014139
经　　销　全国新华书店
印刷装订　四川金邦印务有限公司
印刷委托书号　（宁）0024956

开　　本　787 mm×1092 mm　1/32
印　　张　6
字　　数　100千字
版　　次　2022年11月第1版
印　　次　2022年11月第1次印刷
书　　号　ISBN 978-7-5525-6632-1
定　　价　52.00元

词语的状态

胡马

暑热难耐，心生烦闷，封控中的人如我，找不到一个合适的词语，来形容这郁闭的心境。夜深人静时，展读罗凤鸣的诗，不禁思绪万千。

"诗歌的状况某种程度上就体现为词语的状况。"欧阳江河这句论断，时至今日，用来衡量一众诗人的诗歌写作，仍然是极为有效的尺度。

人是孤独的动物，正如我们栖身的这颗星球，不过是汗漫时空之微尘一粒。世事翻覆，人海苍茫，生命到头来难免是孤舟一系。但因了人世的各种偶然和必然，一个诗人和另一个诗人，竟可以通过对词语游戏的热爱结下神奇的友谊，古今中外，所在多有，在此就不一一赘述。

我和诗人罗凤鸣，就是诸多因诗结缘之一例。

正如我在拙作《在群山之上，我不敢轻言虚无》其中《拥抱后别离》这首诗中所描述的那样："他们/其实是一个词和另一个词以及/更多的词，跨过烈火/在洪炉中重铸为一个大词……"

每个诗人，或许都是一个孤独的词语，但他们的存在、他们的贫困、他们的生老病死、他们的喜乐悲苦以及他们的写作，共同构成了一个诗学的整体和诗歌集合。

所以我个人认为，诗人或许是孤独的，但诗歌并不，且从来就不孤独。

在这里，请允许我作一下补笔，关于我跟罗凤鸣，我们两个词语相互连接的过程。2020年盛夏，热浪汹涌，成都平原俨然巨型铁板烧一块。某日在温江，于某处园林，绿荫弥望，满园桂树将阴影细细分布在诗人张万林、罗凤鸣和我身上。清茶氤氲，树影婆娑，我们浮躁的心，得到暂时的庇护。这是我第一次见到诗人罗凤鸣。我们交流的话题，从当前诗歌写作的颓势，到巴中的人文荟萃；从少年时期表达欲望，到人到中年的节制精警；从我们都熟悉的诗人写作现状，到我们自身面临的写作困境，诸多问题多有涉猎，虽系初次见面，但彼此相谈甚欢。

我跟张万林是大学时代的诗友。二十世纪九十年代初，在四川师大，我们曾在一个叫"地平线"的诗歌社团内交游，过从甚密。当时一起在狮子山上结伴吟咏的，除了我和张万林，还有康伟、范倍、干海兵、王旭、廿楠、沙白、刘丹、杨雪梅、李冬梅、何雪晴等诸友。秉承二十世纪八十年诗歌潮之余绪，我们在九十年代思想风气为之一变的校园内，经历着我们不成熟但却难能可贵的诗歌训练，体验每一次蹒跚学步时的得失。毕业后，大多数"地平线"诗友星离云散。但干海兵、康伟、范倍、沙白、张万林和我，尽管三十年风雨栖迟，我们始终同气相求，同声相应，没有因生活和工作压力而放弃对诗歌的热爱，青春期结下的诗歌友谊，经受住了时间的考验。

正是张万林的引荐，我跟诗人罗凤鸣有缘

相识并相知。

就在"地平线"的年轻诗人们还在词语迷宫中盲人摸象之时，作为一名早慧型的中学生诗人，罗凤鸣已经出现在诗歌评论家的视野中。他从二十世纪八十年代就开始诗歌写作，一直笔耕不辍，至今收获颇丰，已著有《逆光》《献辞》等诗集多部。

此前，我有幸读到他的部分诗篇，是我非常喜欢的风格。他的笔触，早已"洗尽铅华"，收起了少年时的锋芒和青春作赋的激情，一咏一叹，尽是中年人的苍茫心境。情感沉稳，气息内敛，题目皆为中国人的日常生活之所见，词语可以用"瓷实"来形容。

在这些诗篇中，尤其他对故乡梁永河的深情吟咏，可谓感人至深，给我留下深刻印象。诸如"毫无疑问，我所见到的/只是梁永河汗涔涔的脊背/——它要把鱼啊虾啊小心护在怀里/关隘重重，它正匍匐着前进"（《我看见的只是梁永河的脊背》）。语言删繁就简，直指人心，形象鲜明亲切、质朴有力，从 "汗涔涔的脊背"到"怀里"再到"匍匐前进"，把对故乡和对母性的讴歌融合为一，沉痛、真实、坚韧却不露声色，与那些"颂体"调式的写作，可谓迥异其趣。

即将付梓的这辑诗稿，诗人罗凤鸣诗艺更见精进，用词也更加精当。其中，一首《钉子》，写得内敛、深刻、沉稳、气象雄阔，耐人寻味。"头顶大海之人/把不易察觉的一枚枚钉子/锚在礁石足底//根根礁石/是壮硕的钉子/大海推动手掌，制造木屑……"

在此，我不想用神话原型去解读这首诗，比如波塞冬、龙伯高等，以免被人诟病重蹈覆辙，落入前人"言必称希腊"的窠臼。诗人罗凤鸣在短短几行文字中精心设置的对立统一关系，形成一个巨大的、充斥着天地荒洪气息的隐喻，引诱我们去他所构建的充满张力的符号场域中进行一次精神历险：一边是大海、礁石，象征吞噬、危险和毁灭，不可征服。一边是人、锚，天然充满探索精神和求知欲。两者相互对立，又通过钉子这一极具象征意义的符号，于足底、手掌这些义项达致统一。人即大海，大海即人，所谓头顶大海的人，即是大海本身。因为，只有大海才能头顶大海。"大海推动手掌，制造木屑"，最后一句，包含的意义尤其令人不安：那些航海日志上记载的历次海难，难道还不足以让人类心存敬畏吗？

与罗凤鸣兄相识相知，承蒙他对我的信任，嘱我为他写一篇序，如前所述，我知道，这是一个词语对另一个词语的信任。于我而言，虽然习诗多年，然终究未得要领，尤其于诗评一类文字，极少涉足，所以极少答应为诗友写评，不知得罪了多少诗友，也实在是情非得已。本篇文字行文时未免捉襟见肘，搜肠刮肚之余，才得以敷衍成篇。

让我用罗凤鸣的一首诗作为这篇所谓序的结尾吧！

乞讨

敲门似的
我会抽空拍击自己的胸口——
一只空碗
在里面已放许久。

……我不敢用太大力气
害怕弄折的骨节，并不适宜
作为筷子。

最后，期待凤鸣兄的新诗集早日出版！
是为序。

2022年8月17日于成都

（胡马，汉族，媒体人，现居成都。有诗歌作
品发表于《诗刊》《星星》《诗歌月刊》《四川文
学》《草原》等）

目录

我相信每一个沙滩

我的哭只有少数人听过

思念有时是潮水

树，一棵和其他八棵

我相信每一个沙滩

石头记

裸体的
鹅卵石
更知道
羞耻？

（躲在
乌泱泱的水下
亿万年
都不睁眼睛）

着苔藓青裙的
岩石
空怀剑刺苍穹的
野心？

（小小身板之碑石
流失了血

泪

和光阴）

——呆人如石

（不识石？）

大地茫茫，遍布石子似的

眼珠子。

2021年4月9日

认识风

义无反顾的风
一边走，一边在不停地
抛撒什么

也许是沙子迷住了眼睛
我并没有发现
许多种子就藏在沙里

东倒西歪的我
甚至，不能将旁逸的影子
像一片叶子般捡起

2020年10月30日

跳绳

事物与事务
在跳绳。
这山跟那山似没有本质的
高低和差异。
……山落原地，河流转身。
只听见，啪啪啪的
历史回音。

2021年12月3日

跳舞

几乎所有的水草都在

池里跳舞

像是一个个疯子

岸上的青草笑得前仰后合

似乎不知道

水草们正在庆贺自己

终于离开了

随时会风吹草动的

岸堤

2021年12月5日

快乐颂

这些花木
是新来的
在隔离带内跳舞
身旁厚厚的混凝土下面
埋着其他花木

这时候
我恍然也是快乐的
一遍遍演习碰壁的尺寸
忆起从前的欢歌
想到他人的幸福

2020年10月30日

骤雨记

雨，骤若纷飞箭镞

稳坐山中小院的父亲似孔明先生

倒是大街上的我

随众人

溃如小卒……

2021年7月7日

有些事物在另一个世界

大门关闭，

砰的一声，发出了起义号令。

——久受压迫的席梦思

关节迅速异动；

——表面木讷的桌子和板凳

争取着交换角色；

——内心火热的饮水机把整桶矿泉水

当作白酒啜饮；

——腼腆的西红柿

暴露出啃食冰箱的细碎牙齿；

——四十六寸的大彩电表情凝重

把昨晚经历的每个场面都认真审视一遍；

——藏于书中的不再是虚妄困兽

一个个汉字正疤痕一样被抠去……

傍晚时分，

满身伤痕的钥匙回到锁孔，暴乱结束。

2020年3月9日

荒草

满地荒草让我慌了

视线的弯镰难以将它割掉

嗒嗒嗒，机关枪似的咒怨

也未能将它骂倒

田埂上腿脚泥软的我

情不自禁地伸出了双手

这些生不逢时的草啊

似乎早就等着

给我一个小小的拥抱

2020年3月13日

钉子

头顶大海之人
把不易察觉的一枚枚钉子
锚在礁石足底

根根礁石
是壮硕的钉子
大海推动手掌，制造木屑……

2021年3月15日

沙子

贪吃的沙子，在喝西北风
贪玩的沙子，重重落地跌破了头颅
洁癖的沙子，洗漱太久，溺死于海里……

2021年3月15日

灯火

一再地缩回身体，小心
隐藏于一块石头的内心。而亿万斯年
这块石头蹲在大洋的底部
任海水翻煮
也一动不动

2021年3月15日

空屋

住着背影，
背影也是单薄、枯瘦的。

挤满北风，北风嘈杂——
谋议推翻一副躯壳。

2020年5月12日

洞穴记

我说，洞穴真好啊——

可以把一只老鼠关进来，
让它始终只有偷食的念头；

可以把一只老狗关进来，
让它不再追随人们的脚步；

可以把一只老虎关进来，
让它不再考虑啥时下山去。

2020年5月13日

我相信每一个沙滩

我相信莲花滩

对于梁永河的夸赞

——心胸开阔、遇事沉稳

前程远大……

我也采纳小猛滩

对于梁永河的评判

——鸡肠小肚、心浮气躁

急于求成。

2020年6月3日

繁华之地

握手让我开始思考
如何待人
怎么样接物
温度、力度、气度······

挥手
又让我什么都不想
暂时放下一切。

2020年6月3日

跪下

在弗洛伊德尚有一口气时
我愿意双膝跪下
恳求那位白皮肤的警察，不要用膝盖
狠狠地顶他黑皮肤的
脖子了

在他半口气都没了时
我愿意双膝跪下
打算再不做站着说话不嫌腰疼的人了
决定跟着经常下跪的人
一起跪下

2020年6月10日

筐之命

逃脱篾匠，会存感激？
接下来的安排似乎仍不需要
三个红薯
两根丝瓜
一叶青菜
……各安其命吧，筐有空空的过去
和未来

2020年9月5日

裸体的鱼

不要说鱼

穿着花格子衣裳

也不要说

鱼的鳞甲就是锃亮的铠甲

更不要说

每条鱼都有个性文身

——让鱼的智力停留在

刚出生的鱼仔时吧！

2020年9月13日

怀念

去广场
每次都要看看悠闲的鸽子
谨此怀念，曾在乡下晒场
因抢夺谷粒而
牺牲的麻雀……

2020年10月17日

使命

为了抵达蓝天

树木，一刻也未停止生长

负责策应的鸟儿把树梢

往空中猛提

不惜将自己弹飞

不负时光的我，终于衔起羽毛似的树叶

作别院中老槐

2020年10月17日

剖

三条鱼儿
将喝干河水？

我用力捉住
一条大的
一条小的
以及一条不大不小的

剖开鱼肚
却没有找到一滴
干净的河水

2020年11月3日

各活

一群鸟儿

喳喳喳地

在头顶飞来窜去

一棵树，跟其他的树一样

始终缄默

背靠大树的我

心念人海茫茫，努力驱赶

内心的孤独

2020年11月19日

入门术

假如

一把菜刀

立为了必经之门

如牲畜

草芥

……

还是学习一只蚊蛾

尽量毫发不损

2020年11月23日

别处

蚯蚓们，仍在
广袤的荒芜里
游荡

一动不动的种子
像是有人，故意
布下的钓饵……

2020年12月23日

巡游

风又四处巡游。

——职业微笑的花朵，
你自由吗？

——出言谨慎的果实，
你自由吗？

——蒙眬昏睡的种子，
你自由吗？

……神秘的风呜咽，
似不情愿做谁的过客。

2021年2月27日

一把椅子

面无表情

似乎从未受过斧头伤害

钉子在体内

丝毫看不出是谁的替身

清漆如沐浴露（抑或鲜血？）

为了抱抱我

它曾反复涂抹

2021年3月30日

清明日

身患阿尔茨海默病的墓碑

仍在等人认领

雨水像针液一样努力寻找小草的手臂

太阳于远处

默默地捂住时钟似的

心跳声……

2021年4月4日

落

树叶飘落
褐色石头长出了眼睛
和耳朵

石头滚落
黑色峡谷在开口述说

峡谷坠落
两边青山鼓掌
圆肥的地球伤口闭合

2021年4月17日

池塘随记

容得下莲叶安睡
当然好。仅能踩入一只脚
亦不错——
我正好蜻蜓似的，训练
金鸡独立之招数……

2021年4月19日

误伤

小小石子的听觉

比一只大黄狗还灵敏

它听见了这些脚步声

蚂蚁

乌龟

小白兔

蛇

它觉得好听极了

万万没想到

我向它走得实在太快

竟一脚把它

踢开

2021年4月21日

轮回

鱼儿全部撤上岸
能怎样？
上岸的鱼儿像树叶一样拼命呼救
能怎样？
十万条河流都转身
又能怎样？

——总有一根时针
鱼骨似的转着。

2021年4月28日

老虎

我与一只老虎多次相遇。

一次是，在我福村的老家
它威武地站在堂屋门上。
我们几兄妹
踮起脚，总是抚摸它
图画里的几颗大白牙。

一次是，在我小学的
语文课本里遇见它。
一心要当英雄的我
真想学武松的样子，能够
一棒打死它。

最近一次见它
是我和女儿到动物园里。
长得像我家猫咪一样的它

正在笼里睡觉。

——我以一位父亲的语气
轻声叫它：
你好吗？大虫，大虫。

2021年5月20日

大象

我并没有去过云南

所遇的大象，不过是川北富子山

一块笨圆的石头

我骑着它，朗读语文，偶尔冥想算术

直到我去城里

它仍悄悄跟着，让我不知疲累地

在街上转悠

现在，又陪着昏沉的我

于公园的一角静坐

2021年5月28日

狮子

三岁的女儿
一直寻找你将尾巴藏在哪里
鬃毛为啥总是竖起。
我探究你滚圆的肚子里是否
装有人类的尸体。
跟你合影的妻子不停地夸赞：
哦，多圆润的鼻子
比豆荚还好看的眼睛……

2021年5月22日

忙碌

鸟儿要忙着

给树木开会，向石头作报告

对一条纤瘦的小溪

表白……

哪能顾及自己的破屋。

2021年6月5日

夜半

新市街背着巨楼

仍在不停爬行

我们不用担心它患上甲亢

或者腰肌劳损

——电线杆子，已针头般

扎入街巷

电线像绵延的输液管

而头顶的星星

恰似反光的吊瓶

2021年6月12日

安静

一颗子弹
将一条喉咙封锁。

布满血丝的眼睛
侦查到负伤的另一颗子弹。

尸体之间
频频用哑语打照面。

文字如蚁卵
拼命地爬上树叶之舰……

2020年3月9日

无所事

满天星星

如永不生锈的螺丝钉

并不需要拧紧

或擦拭。

我们，注定像一枚枚扳手

要么躺着，要么站立

……无所事。

2021年7月22日

过程

终为一地鸡毛。当许多事物
历经远足及局部的损失
准确找到积有汗水、眼泪、血
和尿液的陨坑
谁还能忍住不发出一声恸哭？
是啊，死神在杀鸡儆猴
我们庆贺新年的玻璃酒杯又能
举多高、举多久？
……甚至，一生短促得来不及
练习公鸡打鸣，遗忘母鸡
在分娩时曾大声地歌唱。

2021年12月12日

即景

一只虫子
把一枚果子当作星球
踩在脚底
······
憋着气的果子生怕
栽下树去
压伤了虫子。

2021年10月7日

旭日帖

旭日未必比夕阳受人待见。

——总有浓雾

试图遮蔽我们的双眼。

2021年10月21日

雨滴四行

雨滴

是哪一道闪电的灰烬？

我要把它们

全部渗进土里。

2021年10月27日

纯净水

在桶里久了，纯净水
会感慨：自己
比满面污垢的尘灰，苦难许多倍
——要让毛发、皮肤
和骨头统统融掉。要让血液的红色
都学会遁形
甚至要用有罪证明无错，用莫须有
为旧事重新命名

2021年11月18日

空中

地上发生事情太多。

空空的

空中？

热闹的元旦刚过——

一架无人机仍兴奋得像条鲨鱼

一发炮弹晃着惺忪的苍蝇脑袋

……更多的风惊叫

渗血的云朵渐次沦为漏雨的

凉亭

挡不住蚂蚁，和我

口渴。

2020年1月3日

跳棋

一盘跳棋可能有两大赢者
客气的你我，或者之一。
对应的，一盘跳棋，总有两个输家
对阵的你我，应该是全部。
……棋盘坑坑洼洼
坑中藏棋谱，洼里掩繁华。

2021年12月11日

黑鸟

黑色羽毛之间
夹杂许多褐色的细绒。
它飞得太高
速度又快
以致我一下子没能
分辨出来。

……好在变成一个点的黑鸟
也完全融入了空旷。

2021年3月10日

春天词

蜜蜂越是勤快

越易暴露流连花间的浪荡本质。

表演恩爱的蝴蝶

终为别人家新娘。

——春风向枯枝伸出了

把脉的手。

2021年3月13日

橘子记

是的，那一瓣
被我双手递了出去

就像一座孤岛
它肯定有太多心酸

而我珍留的这几瓣
也好不到哪里

大海翻涌
众礁难有正形

2021年8月15日

我的哭只有少数人听过

读天空

心情不好时

千万不要仰望天空

会像一个病人读到一张

刚刚拍出的X光片

要么读到阴影

要么读出泪水

2020年10月7日

继续

浑身伤痛、苔藓覆身之人

再次用视线缝补鸟巢。

无所忧虑的小鸟早已撤离枝丫。悬空的巢

像液已输完的

吊瓶。

风在不厌其烦地相互按摩。

雨在为发烧的树干

降温去火。

睁只眼闭只眼的树叶正偷偷地变异

一张张膏药的因子⋯⋯

2021年1月16日

呓语者

颅内暗道

宜搬运

储藏已久的市井声

老虎的低吼声

非常翠绿

山羊的抽泣声

几丝冰冷

蚂蚁的歌唱声

有些粗重

从耳之小地

运至嘴巴的大国

月黑

风高

呓语者呼吸急促

却无颠簸

之迹

2020年10月8日

我的哭只有少数人听过

忽一日

梦，终于走到了梦之尽头

阳光奋不顾身地奔赴

镜子的怀抱

汗水辛苦滋养的胡须

坦然面对一把锋利无比的剃须刀

……我再次将窗帘

帷幕似的拉开

嗯，是时候了，我得解下

身上的威亚

借一部电梯重返人间

小区的大道

将继续书写一双鞋子的传奇

2021年8月2日

苏醒

我写下这两个字
是否意味着
我已不再昏睡
我并不曾昏睡

我擦去这两个字
又是否意味着
我终会在一个角落昏睡
或者，我已找到一个
仍在昏睡的人

2020年3月25日

我的哭只有少数人听过

乞讨

敲门似的
我会抽空拍击自己的胸口——
一只空碗
在里面已放许久。

……我不敢用太大力气
害怕弄折的骨节，并不适宜
作为筷子。

2020年4月19日

献辞

太阳同意视线拐弯
刀子的嘴唇
性感柔软
离乡背井的脚
沾满蜂蜜的稠黏。

2020年4月27日

残世

余下的时间都装进表内
就像小块大海，不轻易溅出浪花一朵
就像逼仄沙漠，不随便放走一粒微尘
我就把表戴在手上
一直听它无声的喘息
一直看它，过完它并不想过的一生

2020年4月29日

可怜的字

不慎溺水的字

多么可怜

它们，被所谓的书法家

捞起示众

被画家明目张胆地

用颜料再次掩埋

被歌唱家故意弄碎了身段

⋯⋯又让我，这个不入流的

业余诗人

罪犯般

囚进一本本自费的诗集

2020年5月20日

无声记

没必要

跟某人说话

没人有义务

跟你说话

就自己和自己说

坐着的自己

跟无数个跑动的

影子说

跑动的自己

跟将要躺下的尸体说

直到这个世界

没了声响

2020年5月30日

正经记

一枚被拿捏的棋子

不能说话

忙于在空中飞跑的子弹

无话可说

俯首青苔之下

恸哭或者假寐的一块石头

话已说够

2020年5月31日

我的哭只有少数人听过

省略号

看吧，

那个武艺高强的人

将梅花桩

当作省略号

这个过河拆桥的人

又把一个个石磴

当作了省略号

而我，仅是一个痴于

臆想的人

看天上的星星

多像

省

略

号

2020年7月8日

提名报告

老虎和狮子应离职休养

认真敬业的蚂蚁

可提为一林之长

总是早起的小鸟可当学习委员

长跑健将的马

可做体育委员

擅长表演的猴子可任文娱委员

……

暂不需要配备生活委员

众多树木和花草

像小学生一样表现良好

2020年7月18日

三根木棍

一根，曾用于撵狗。

一根，曾伴我远行。

另外的一根

一直在墙角待着。

现在，我想跳舞。不知哪一根

能指挥一曲……

2020年8月4日

徒劳

拿一片云涂改天空
捡一枚石子改道河流
借单薄的身子
去抵挡尘世

2020年8月6日

真相

有多少早晨

由露水的灯盏照亮

就有多少夜晚

被月亮这枚落叶

覆盖……

2020年8月6日

读史

众人
使出吃奶的气力
让纸竖起

一个个汉字
发出乱石
滚落谷底的声音

2020年8月12日

习惯

真担心

在没死之前

就遇着鬼

我慢慢习惯于出门时

东瞧西看

2020年8月13日

乐观书

被大炮震怕了的我
宁愿接受一挺机枪
嗒嗒嗒的快语

更多时候
我在提防一只手枪
缄缩于暗处

2020年8月20日

我的哭只有少数人听过

没关系——
我降生时的啼哭
也没几个人听过

2020年9月6日

掉发

对于我来说
掉发就是掉发
它根本没有其他什么意思
我知道过去
因为太多烦恼才掉了不少头发
现在我明白
掉发其实是一件挺幸福的事情
至少我可以因为烦恼掉发
而忘了别的烦恼
并且掉发只能是我的私事
非他人所愿
和所能

2021年9月6日

刻画

张三与李四
在一座山上刻画
曾到此一游

王二麻子
在一株树上刻画
深爱赵小五

我的右手
偶尔刻画左手
落寞和孤寂
嵌于一撇一捺

2020年9月9日

我越来越在乎一些小事

打捞一条河流时
总担心划伤了它的皮肤
摘取一团云朵时
害怕戳漏了雨水
这些年，我开始在乎修剪指甲
这样的小事

2020年9月12日

我的哭只有少数人听过

风吹往脸上

笼罩的云雾会消散

头顶的青草会慢慢地灰白

石头似的牙齿

会一个一个搬走

而这些年不小心抖落的东西

也会回来

比如：鸟语将还给耳朵

花香将还给鼻子

夹有沙子的尘埃将如数

还给眼睛

2020年9月13日

搁浅

一个个溜圆的卵石
像极了屁股
这是多少石头弄丢了脚
弄丢了手
弄丢了修长的身子
……想到此,我就打战,生怕这次
我也趟不过去。

2020年9月20日

火柴啊火柴

一根火柴
燃得无精打采
加上几根
让它们彼此有同伴

害怕，毁了好几根
头脑易热的火柴

更害怕，一下子
让我沦为
推人入坑的真凶

2020年10月6日

道歉

扒鸟窝
掏鸟蛋
捉小鸟
我真心实意地向落叶道歉

——这满地的羽之影子
于秋天出生的我又长一岁

2020年10月11日

我是一个曾被辜负的人

在梦里

还是少年的我

正对着一位白发老者

不停诉说

我努力地攥紧沙子

我用一枚石子见证水面

泛起的惊喜

我将弹弓瞄准一只小鸟

是希望时光

留下一片羽毛而已

啊，梦境真美

醒来时，我发现自己

正把一个枕头

婴儿似的抱在怀里

2020年11月16日

一只老鼠和我相似

一只老鼠在粘鼠板上

不再发出吱吱吱的喊叫声。

总是受伤的我

常用缄默抵御夜的沼泽……

2020年10月23日

幸福有鱼

一进家门

金鱼会隔着水缸的玻璃

和我招呼。

厨房的案板上

鲈鱼挣扎着起身，向我连连问好。

现在，我坐在餐桌旁

一边吃鱼

一边欣赏满是鱼儿的河流

缓缓地流向远方……

2020年10月28日

兴致

他们兴致于用星星
串起的闪亮珍珠。我这个穷光蛋
习惯咬磨石头似的牙齿

2020年11月1日

自问

飞得多高

才能看见地球，是一个

蜷缩的婴儿

飞离多久

才能让自己不再是大地的

一条寄生虫

2020年11月15日

无论发生了什么

需不再想
需不再说
需双手捂住眼睛
任凭那只灰褐色的小鸟
鸣叫一声
就飞到另一棵树

2020年11月19日

我的哭只有少数人听过

089

路过

忘记是哪间屋子的

多边形墙上

挂满了规章制度

主题仅一个

大家

务必全心全意地爱我

抑或恨我？

那间屋子的主人

至今未开门

也找不到一把梯子

让我

翻墙进去

2020年11月28日

睁眼便见到了白昼

夜晚黑黑的车厢

在晨雾里消融

白昼的敞篷跑车会开至床前

哦，继续前行的我

要马上醒来

2020年11月28日

摆放

靠着墙壁

会摆放沙发和绿植

更多时候

我被摆放在那里

向外张望

2020年12月30日

果实

一直俯视着我

肿胀的眼睛

盯得我腿脚打战、心里响鼓

双手想捂住讶异的

嘴

2021年4月10日

问题

因为淘气

小时候的我常被老师

罚站

我至今都困惑

明明是我双手闯下的祸

检讨时，为什么

我会死盯着自己的

脚

2021年4月22日

并不能闻到他的肉体

他多么有耐心

一件一件地
将白天穿戴好了才敢出门的衣服
全都卸下

十分自然地
那床宽大的蓝色被子
他又盖在身上

2021年6月13日

生物学

我一直努力看着前面
后边的
总是懒得去管
——这多好，这就符合了眼睛
长在脸上的生物学

2021年7月18日

一场洪水

请冲向我
大不了我的心、肺
和胃
卵石似的移走
而我的肠子早已为你开辟
回家的路

2021年7月18日

夜晚记

接不接受

习不习惯

喜不喜欢

夜晚每天都要雷打不动地来

今天晴好

不像昨天下雨

也不像前天大雾

而理所当然地

准点来

2021年7月19日

说梦

一

原以为
梦，是给白天的
精彩续集
万万没想到，它只是这个夜晚
中看不中用的
腰封。

二

原以为梦
会一直赖在床上
可是刚才，一根鸡毛
从空中
掉了下来。

三

既然醒了

还有什么好说的

之前发生的一切

不过是

一场梦。

2021年8月14日

血液有时是寂静的

爬坡时是寂静的
从发尖向脚趾俯冲时
是寂静的
翻过伤口走出身体的故乡时
是寂静的
在深夜相融于一起时
是寂静的

心，一张一翕
有时像开门般急切，有时
如眼皮轻轻地合拢

2021年8月29日

名字

一个人
被他人最先伤害的
想必是他的名字

稍后才是他
或者她的皮肉
筋骨
和内脏

当然
也可能有例外

比如我
常于荒芜之处
把自己的名字
宝贝一样
捧手上

2021年9月6日

绅士

大伙不停地

扇他耳光

朝他的屁股猛踢

气愤至极地

拎起他的衣领

……他的身体不停地打转

他手中的酒竟然

未洒一滴

2021年9月26日

你一定没见过我跳舞的样子

更多时候

我只是自己跳给自己

或悲或喜的旋律悄然

萦绕在心里

——无所谓晨昏，旁观者

除了伟岸树林

还有众多小草

眼含热泪

石头、泥坑，甚至玻璃碴子

什么都可作为头颅的支点

拳头像婴儿一样攥着

双脚潇洒自由于太空

2021年12月5日

节约

对于一个业余写诗的人来说
也许不应写得太多
难得的闲暇，要节约悲悯
爱，甚至怨恨。
譬如，不要反复地说
站立的群山：如果有什么意见
请举手。
亦不能，没完没了地
问远去的河流：现在
是否过得安好
请予回答。
——当然，这么空的天空
根本不需要
你已容不下一粒沙的眼睛
苛求，和责备。

2021年12月25日

我的哭只有少数人听过

睡梦残片

春风不安分的手
秋雨光光的腿
夏日树丫上偷窥世间的落日
雪花皎洁的母腹

……我还是我
其他均入乌有之境

2021年4月16日

思念有时是潮水

回信

遵照你的回信
我按时服下这些状若句号的
止痛药。
意外地低烧
心悸……

我不知道
多久为一疗程
会尽可能地多坚持些时日。
哪怕副作用越来越重
哪怕再无你的来信
拟下新嘱。

2021年3月9日

回乡书

那只蚂蚁

将烦躁还给了我

从院坝至田间

我不停乱走

担心蝉所说的

山已空

亦害怕，蜘蛛编织的网

挡不住身后的

这场雨

2020年8月10日

职业病

车进隧道便咬唇屏气
年轻时常抬石头的父亲，似要把山峦
往自己的肩头挪移……

2020年3月21日

踏春记

漫山遍野

猪、羊、牛似的

石头

兴奋不已的小女

突然指着残雪之下的

一块巨石——

呀，屙尿了

真是只贪睡的老虎

2020年4月20日

怀念

三日未见

川东北梁永河的一生

似在白流……

2020年4月26日

思念有时是潮水

挨至天黑，你可捕捉
宛若浪花的
焰火。
而我，正好昏睡于炭栗似的
一堆石头上。

2020年5月2日

喝茶

哥们儿几个

难得聚在一起聊天喝茶

我习惯

茶水凉下来才喝

感觉与乡下的泉水无异

万林兄

偏好滚烫时饮

说像中药能够暖胃

国军弟

奉茶为酒

一杯下肚便混沌天地万物

雷文兄

并不大喝

讲他这把年纪

有一杯清茶放身边

足矣

2020年5月17日

鞭子

疼痛能治愈麻木？

想象中，梁永河

是一条鞭子

在不停地抽击鹦鹉山的后背

和小猛滩的

胸脯……

2020年5月22日

山中老屋

不要纠结

屋顶的青瓦是否应该翻补

单薄的桷子尚能

负重多久

粗壮的檩棒又是如何

从山林采来

现在，你要趁着土墙可以挡风

木门还能上锁

抓紧时间让一张大床

按照祖上的意愿

咯吱咯吱地

摇晃下去

2020年11月6日

打雷真好

落泪之前

你要尽可能将心里的

一个个石头

轰隆隆地

推下山去

2020年11月12日

有寄

瘫软如泥
就能让你放松躺下？
哦，
我已无力像墙壁
久久站立。

2020年12月5日

畏冷之人

他不能自拔
添一件衣服，又添一件衣服。
倒是我，因等你太久
急得满头大汗……

2020年12月5日

悬崖

放下双手
两脚打直
尽可能保持一座悬崖的姿势。

千万不能
捂住你的耳朵。前来攀缘的我
要用一用……

2021年3月20日

灰烬

你远远观望就好。
这粒小小的灰烬就不会毁于
另一粒
尚有余温的灰烬。

2021年8月2日

我吞下了一粒布洛芬

你就不用捂耳朵

已听不见我的呻吟

你就不用闭眼睛

已看不到我的挣扎

你也不用屏住鼻息

并且不用张开臭烘烘的那张嘴

……是的，这粒布洛芬胶囊

我已糖果似的咽下

2021年8月3日

明天会哭

泪量大小还未确定。
不过，你越发阴沉的表情
让我提前
收到了预警。

2021年8月8日

毒药

毒药藏深山
与救世的灵芝为伴
雨是甘洌的泪
不忍心
给谁多一点

2021年8月13日

树根或其他

先是试探

哦，如此的绅士

我有些意外

接着是抚摸

嗯，那份温柔

远远地我能够感受

然后是

使劲地拥抱

哦，这力量

让我惊恐

……是的，我绵软如泥的身子

终将陷进它的怀中

2021年9月25日

乡村生活

泡一杯茶水会是

什么滋味？

吸进一口香烟

是否足够让你上瘾？

我记得的乡村生活

和一顿饭有关

——母亲将一小碗白白的米饭

给我

又悄悄地从大锅猪食里

给自己挑拣出

几个红薯。

2021年10月8日

情书

你的身体

被我当作一面墙壁

我总怀念两个饱满乳房

壁灯似的

暖意

2021年11月10日

我终将无能为力

活得太久的我
只剩最后一滴眼泪
哈哈气，你就能将它吹干
甚至，我已没有口水
向你解释什么

2021年11月10日

树丫之上

生活，已蛀空我大半截的主干

风雨中这些树丫

必须予以挽留和足够重视

为了向高高在上的列祖列宗致敬

我需保持进化之前长有

翅膀的样子

每天黄昏，偕爱人在滨河路漫步时

我尽量做到两手双翼似的后背

让笨拙的身心暂时

腾飞一会儿

甚至，就在树丫上相爱

生出一堆可能飞得更高的鸟儿

2021年12月10日

练习一次立定跳远

肥胖的企鹅，在遥远的南极

彬彬有礼地漫步

健硕的老虎于近在咫尺的东北密林

练习百米冲刺

已不习惯夹在众鸟之间听从

刺耳口令的一只小小麻雀

不停地向大地点头，说对不起……

那么，在此刻，你跟我一起

练习一次立定跳远吧

——不要纠结这个世上

哪只靴子最先落地

让业已僵硬的身子柔软起来

箭弓似的，掠过眼前的这片荆棘

2021年12月13日

树，一棵和其他八棵

树，一棵和其他八棵

一棵树

拼命生长
想给我大片的绿荫
想让我有个依靠
这不妨碍我
盼着扒它的皮
盼着让它成为万段碎尸

两棵树

几乎在同一天
来自不同地方的它们
被运进城里
毗邻住到人民公园的一隅
它们很快恋爱了

这个世上，仿佛只有
恋爱能够安慰孤独

三棵树

亦如你我他
既相互哈腰点头，暗地里
又用脚使坏

四棵树

不要天真地以为
它们刚好两两结合
事实上，它们
分别在东南西北四个星球
彼此之间有着
浩如大海的鸿沟

五棵树

高矮不同

我却能够让它们成为

一个有机的整体

像五根手指

被我连在一起

谁的骨节有异响

都一样揪痛我的内心

六棵树

从左往右数是六棵

从右向左，仍是六棵

我庆幸，阳光下的它们聚一起

精神抖擞。没有一棵像我

在雨中暗自难过

七棵树

松树、柏树、楠树、青杠
香樟、洋槐和黄荆
这些名字是人们起的
乔木与灌木等，如此分类
也是人们定的
其实，它们叫自己为"我"
对其他的
一直用"你"替代

八棵树

全做成斧柄
将会砍掉多少树林
制为枪托又该
消费多少子弹，牺牲
多少无辜
不寒而栗的我希望
打造一艘木船
快去引渡遇险之人

九棵树

留一棵在春天
作为新生的一员，让它诞生
并一直康健

留一棵在夏天
让它逐渐强壮，像一个汉子
能够替人遮风挡雨

留一棵在秋天
该结果的快点结果
不能结的，也会抛弃自卑
过得逍遥自在

其余的全部留在冬天
我想看一看
这么多树，究竟有谁
能够耐得住霜冻和严寒

2020年7月3日

树，一棵和其他八棵

庚子疫情记

新年愿望

今天是庚子年正月初一
我一早就许下新年的第一份愿望

不再行万里路——
安心宅家。宅家就是为国
宅久就会宅进疫情防控的功劳簿上

不再读万卷书——
安心看电视。安心关注白衣人逆行
安心祈祷一个个数字不再揪心

总之，新年一早
我就把手洗净，贴创可贴一样
戴好口罩，学习做一个幸福的人

人间温度

——有感汉中交警为一湖北司机提供帮助

不逾矩，一个格子宅一个汉字

亦不出轨，从左至右，第一行写满

第二行继续——

然而，我的思路却莫名的紊乱

一提笔，就有一辆货车

因为一个个高速出口的临时封闭

而漫无目的地行驶

低温，疫情

直到陕西汉中，这位湖北司机

才看到生命的出口，才找回人间的温度

白衣逆行

这个春天，一群身穿白衣的人

在逆行。他们离自己的家门

越来越远，却神情决然

他们要去的终点

有更多的父母、孩子

他们的小家以外

是一个叫作中国的伟大家庭

而我，只能在自己的斗室里

牵挂他们

十四天哪儿也不能去的时间里

我会从报纸的最末读起

看电视，我会把好多节目绕开

翻手机，我也会避开头条

看实时更新的数字

焦急地翻找他们的消息

我相信，脱下防护服的

那一瞬，他们一张张变形的脸

正笑对枯草的摇曳

偌大的公园我孤身走过

银杏的身子晃动了两下
并不是左侧经过的我推搡了它
晚风拧成的一根绳子
正在悄悄地把我往右拉扯

矮个子的石凳比泰山还稳
我的离去它并未挽留
也许我六十岁以后再来
它也不会有什么感激

公园的冷清就是城市的孤单
我抬头，看见玉兰花蕾
为与人们欣喜重逢，在枝头
默默做着开放的准备

树，一棵和其他八棵

致李文亮君

习惯睁一只眼闭一只眼的我
只能看见世界的斑驳
而你已看清隐匿的真相

我的嘴巴，时张时闭
说出的一半是假话
而你，透露的全是真心

痛哉，胆小如鼠的我
远远见你高一脚、低一脚地
走进命运的死胡同

我只能呆坐川北
把一支钢笔当作倒下的大树
轻轻地抚摸

2020年1月25日至2月6日

两个打火机

一

一个在四川巴中的我这里
另一个，在北京、上海
或广州
亦可能，在华盛顿、莫斯科的
某位官员和商人那里
要么在叙利亚一位难民那里
他点不点火并不重要
关键是，后来的考古者
根据这两个打火机
就能证明，他们恰好跟我
活在了同一时代

二

一个打火机
磕不痛两个相拥的人
两个打火机
烧不醒一个装睡之徒

三

配合起来多么有趣
一个去烧仇人屁股
另一个，替我
引燃鞭炮，点亮洞房的
红烛……

四

一个用来点火

烹煮三餐

一个放在橱柜

闲时把玩

五

一个没气了

另一个气是满的

但是，无论我怎样拨弄

它都跟没气一样

冒不出火花

六

一个在白天

替心情明媚的我

点燃香烟

一个在夜里

把一个怕走夜路的人

变成纵火犯

七

有没有这种可能
一个打火机在村子里
点香烟
另一个在城市的某个角落里
也在点香烟
它们照亮的是表情
几乎一模一样的人

八

我用过的打火机
远远不止一个，或两个
但是，我至今
只记得一个小女孩
手捧火柴，颤抖于
寒夜里

九

一个点亮蜡烛
让我能够专心写诗
谢谢另一个
把写下的这些诗句
统统烧毁

2021年4月3日

晚安

哪怕今年此月没有三十一天，
我也要三十一次写下：晚安。

之一

一只灰蛾挥动双臂，替我奔向光明。
一只白猫飞檐走壁，替我找寻爱情。
一只黑狗半梦半醒，替我提防小偷和敌人。

暗中庇佑我的，我要光明正大地说爱你。

之二

如果白昼是发光的镜子
那么，夜晚就是一个黝黑的罐子。

它一次次由黄昏端出

又被黎明，一次次踢回。

它装不进太多繁华，它平静的一生

多数被闲置。

高傲时，玩笑另一个罐子的残破

嘲讽另一个罐子的虚空。

自卑时，反刍半块冷月，吞咽冰凉露水。

孤独时，将自己一次次倒扣。

——倒出漫天星光，倒出零散的

呼噜和梦呓。

之三

愈加漆黑的夜晚

愈加容易看清一个个白昼。

白晃晃的白昼，多像是白晃晃的一块幕布。

我将自己从布景上抹掉，留别人

树，一棵和其他八棵

一个一个靠在那里。

就像皮影，不知自己是人的演员一样。
我牵扯着别人造型
或者，放任别人自由地表演。

我不轻易将幕布撤去，别人的表演
就不轻易结束。

除非夜晚也变成幕布，而且刚好
把整个白昼覆盖。

之四

看到夜雾，缓慢地笼住一个人的身体
请不要提醒那个人。

我们等待明月升起。
我们等待那个人，自己睁开亮如星星的眼睛。
我们等待那个人站起，最终步出心灵的囚室。

就像接受了麻药，他还不能从瞌睡中马上清醒。

我希望，我们的问候和祝福，像闹钟
要过一段时间，才轻轻响起……

之五

他把窗帘当作一扇铁门，完全拉了下来
也未能挡住夜晚。

他眸子里闪烁星光。
他的内心，还残留月亮的碎饼。
他把钢笔匕首一样握起
也不能将决心留宿的夜，小偷一样撵跑。

只有，再次服下几粒催眠的文字
他着火的血液才会降温
他干柴一样的骨骼，才会慢慢变冷。

之六

夜晚已埋伏很久，一旦望见夕阳
这枚信号弹，便会从野外冲出。

夜晚采用合围的战术，将一个孤单的人
逼回局仄小屋。
卸下战袍一样，脱掉他光鲜的衣服。
蒙眼，捂嘴，缚住手脚
让他除了梦吃，来不及喊出一句冲锋。

夜晚，会给他足够的时辰。
就像一支蜡烛，他除了流泪，还可等待
另一个人哈一口气，相救。

之七

我披着夜色在街上流浪。
我的脚步声很慢很小，加入拐杖的和声

另一条街道也难以听到。

另一条街上，也有嗒嗒嗒的脚步声。
甚至，不需要拐杖的和声，我变背的耳朵
就能听到。

这条街上，已有一些人，走在了我的前面。
还有更多的人，会默默地跟着我……

之八

谁能接受黑暗，谁就可以接受夜晚。

目光返回眼睛的黑暗。
声音返回喉咙的黑暗。
思想返回头颅的黑暗。

甚至，多变的天气，返回云朵的黑暗。
流逝的时间，返回钟表的黑暗。

挂在空中的月亮，像一面镜子

照见所有的黑暗。

今晚，整个世界，全都返回了黑暗的子宫。

之九

我要用整夜时间，专门享受

属于自己的孤独。

我不愿像一只老鼠，在午夜忙碌。

我不想将你早已遗忘的心事

费劲地衔回角落品尝。

甚至，我不愿像一只虫蛾，奔向

耀眼的光芒。

我要重新变回一只小狗

在大街上东张西望。

或者，像独自怀春的老猫

继续在小区游走。

之十

多么自然，随手贴一张创可贴一样
——我把一床被子，紧紧贴在身上。

之十一

过了多少夜晚，就有多少回家的经历。

照亮归途的——
有时是一截火把，有时是一个手电，有时
是半块月亮，有时是几颗星星……

刻骨铭心的，往往是一束眸光。
把你引向一间小屋
或者，把你带到一个生满荒草的地方。

之十二

白天是人，梦里可以做鬼。

谢顶的头，可以生出长发。
起皱的脸，慢慢淌出油彩。
怯懦的眼睛，能够放电。
习惯闭着的嘴，可以圆盆一样张开……

也许，害怕伤及了谁。
醒后的我，悲催发现，即或做鬼
依然是个饿鬼、穷鬼
并未做成，张牙利爪的一个恶鬼。

之十三

黑黑的夜晚，黑黑的怪兽
四肢歇在四面的山梁，腆着的肚皮
抵住大地的腹部。

我忙碌整天，想把它关进一间屋子。
我绞尽脑汁，想让它躺进一床被子。

哪怕，一大早，它就会从阳台上起身
让我，再也找不着背影。

之十四

夜晚再次来临。沙发角落的
老鼠醒着。
它们正忙于找到续命的食物，它们正
仔细翻拣被谁遗弃的垃圾。

从窗缝潜入的蚊子仍然醒着。
它们正忙于一场战争，不捅出他人的鲜血
它们不会鸣锣收兵。

露台上的蜘蛛仍然醒着。它们正
忙于编织一张大网。
虽然，忙到最后可能什么也没网住。

所幸，你不会独自入睡。
不信你听，有风不再喘气赶路
已在梦里打起呼噜。
不信你看，偷窥人间的三颗星星
疲惫的眼睛也将停止眨动。

之十五

就像亲人，无需看见，通过声音
便能辨出彼此。

夜里，更加看不清风的身影。但是
我能感知它的脚步，和时重时轻的呼吸。

生怕等到明日才又相见。
今夜，我枕着风声入眠。

之十六

枕头，多好的橡皮。
把脑袋放在上面，思想的锈迹
会被擦拭。
与人相会时，不小心残留颅内的
划痕，会被擦拭。

兴许，摩擦久了，会让枕头磨刀石一样
佝偻下去。
但是，曾经的错误终被纠正。
你如婴孩，又躺在摇篮。

之十七

太阳，这枚燃烧的煤球将被移走。
——世中人，要不断撤走体内的虚火。

时光之水可以降温。淌再多

也不算白流。

月亮如船，你走它就走。

星星知我心，像钓竿的坠子，把欲望的

湖面死死盯住。

就在床沿坐成一尊菩萨

手脚勿动，只需动腮，我们也在慢慢浮游。

之十八

昨天是雨天，夜晚比往常提前许多。

今天是阴天，夜晚仍然早到。

看惯许多古老事物的我，发现一颗年轻的心。

谁流泪了，就忙去安慰。

谁疲惫了，就让谁尽早安歇。

活到今天，太多夜晚我没记住。

——雨天和阴天的夜晚，此生，却难忘怀！

之十九

他大声地打呼噜。很明显，他已
在人行道上合衣睡去。
中年的他，似乎没有年老的父母，没有美丽的
妻子，也没有一个乖巧或淘气的孩子。

他就这样睡着。
夜一点一点加深，路灯也将瞌睡。
经过的汽车也将瞌睡。
我回家的脚步，也似在梦游……

之二十

没有月亮，也没有星星。
我还能透过自家窗户，看见许多亮灯的窗户。
半夜失眠，我还有满大街
陪着不睡的朋友。

树，一棵和其他八棵

不像乡下的你

即或摸黑来到院里，也只能望见周围的漆黑。

纵然自己努力不睡，周围的一切，也已安睡。

之二十一

黑色大门缓缓关闭，星斗亮着探头似的眼睛。

所有的肉身，都已卸下面具和伪装。

所有的灵魂，正在接受众神的审判。

除非半夜惊醒，一整晚，或是所有人的刑期。

之二十二

敢在白天作恶的人

夜晚也没打算放过他们。

他们的手，除了抱紧自己

只能向明月摊开。

他们的脚，无法像一只青蛙，在欲望的

草丛继续蹦跶。

他们的嘴，除了梦呓，只能

吐出生活的淤毒。

他们的耳朵，只能收到喧嚣过后的寂静……

夜晚，一张黑色的大布，终将他们缚住。

之二十三

我决定,夜深人静之时，将这个秘密告诉你

——我的心，是黑的。

你和他们一样，一直以为我很阳光。

而我，一直不曾把心掏出来，一直

不曾亮给你看。

你可以摸摸我的胸口，看看是否有一扇窗户。

如果有，你还可问问

——这窗户，是否为谁打开过？

之二十四

所谓夜晚，只是一个称谓。
亮如白昼的灯光，让我不能说出
玉兔带上月亮究竟去了哪里。
人影憧憧，我也不能像驱赶一只老鼠一样
把不喜欢的统统撵走。

我早已不恨这些细脚花蚊。
它们的嗡嗡，告诉我夜晚已经大驾光临。
它们用力地叮咬，让我明白，我好歹
是仍然活着的一个人。

之二十五

月亮之船，将发光的桨橹扎进人间。
众生紧捂内心的伤口，麻木着平静
平静着美梦。

唯有失眠的人倾心于阴谋。

他辗转反侧，让月亮一次次颠簸。

他试图用几个枕头砌成碉堡

阻止夜晚，向纵深奔赴。

之二十六

天色已晚。

要原谅归心似箭的钥匙，一次次戳痛某扇大门。

之二十七

月光像下雪。

真正的雪，在黑暗里一片一片隐身。

之二十八

毫无疑问，你我都会步入一个夜晚。

也许不同的是，你可能遇见满天星辉。

而我，从此陷入黑暗……

之二十九

赤身裸体，也不需感到羞愧。

有的罪恶，正好躲在光鲜的衣服里面。

之三十

我终于收工

停止把梦幻的色彩，涂在脸上。

我终于有空

将夜的黝黑，抹在自己心底。

之三十一

谁人像我

睁眼醒来，就开始数落夜晚的不是。

先数落一床掀起的被子，让我露出丑陋。
背叛了白天，三分光鲜七分斯文。

又数落一副展开的窗帘，让我丢失斗志。
对屋外的世界，忘了一分自责九分羞愧。

作为十足的小人，我已习惯数落。
兴许，我还会数落夜晚身后的，某一个黎明。

2020年8月7日至8月8日

树，一棵和其他八棵

后记

将散于电脑记事本、手机收藏夹和微信朋友圈的诗歌习作归集之后，还有什么东西可记？

事实上，这些年除了在个人诗集的自序和后记里言不由衷地谈及，我很少提及自己的诗歌。虽然，它们在我提笔的那一刻，曾让我激情澎湃和淅沥地感动。

冷落，甚而完全遗忘，应该是一首诗歌的宿命，倒也合乎了生命的常态和常情。

而我，并不怀疑和否定在2020和2021这两年之间，对于这120多首诗歌的真诚——我与它们曾是那么猝不及防地相遇，许多又是我苦苦迎候的结果。

我不知道，往后的日子是否还能保持如此大的情绪波动。但我越来越知道，自己频率的高点和低点明显起伏小了，长时间趋于稳定。

诗歌或其他，在时间面前其实是一样的。无所谓意义，也无所谓浮云。那我为什么要写诗？我将义无反顾地奔向日渐无诗的往后。

但是，胡马先生拨冗为序，胡容女士为本书出版多方张罗，卢一萍、阳云、蒲秀政、杨通、张万林、孙梓文、王志国、雷文、张学文、李国军、李杰、李常青、杨永忠、谢艳阳、岳鹏等多年的陪伴和鼓励……当长铭记。

亦祝与本书谋面的每一位读者朋友，今日往后，始终诗意生活，喜乐相随。

罗凤鸣

2022年6月28日深夜于川北巴城

后记

171